EL VAMPIRO BAILARÍN

Bat Pat. El vampiro bailarín
Título original: *Il vampiro ballerino*
Publicado por acuerdo con Atlantyca, S.p.A.
Adaptación del diseño de la portada: Departamento de diseño de Random House
Mondadori

© 2008, Edizioni PIEMME, S.p.A.
Via Galeotto del Carretto, 10-15033
Casale Monferrato (AL)-Italia
© 2008, Bat Pat, por el texto
© 2008, de la presente edición en castellano para todo el mundo:
Random House Mondadori, S.A.
Travessera de Gràcia, 47-49. 08021 Barcelona

© 2008, Jordi Bargalló Chaves, por la traducción
Proyecto gráfico de Laura Zuccotti
Texto de Roberto Pavanello
Cubierta original e ilustraciones de Blasco Pisapia y Pamela Brughera
Proyecto editorial de Marcella Drago y Chiara Fiengo

D.R. © 2013, Random House Mondadori, S.A. de C.V.
Av. Homero núm. 544, col. Chapultepec Morales,
Del. Miguel Hidalgo, C.P. 11570, México, D.F.

www.batpat.it
www.battelloavapore.it

International Rights © Atlantyca S.p.A., Via Telesio 22, 20145, Milán, Italia.

Primera edición en México: enero de 2013

www.megustaleer.com.mx

Comentarios sobre la edición y contenido de este libro a:
megustaleer@rhmx.com.mx

ISBN: 978-607-31-1379-3

Impreso en México / *Printed in Mexico*

Este libro se terminó de imprimir en el mes de enero de 2013,
en Edamsa Impresiones S.A. de C.V. Av. Hidalgo No. 111,
Col. Fracc. San Nicolás Tolentino C.P. 09850, Del. Iztapalapa, México, D.F.

EL VAMPIRO BAILARÍN

montena

¡¡¡HOLA!!!
¡SOY BAT PAT!

¿SABEN A QUÉ ME DEDICO?
SOY ESCRITOR. MI ESPECIALIDAD SON
LOS LIBROS ESCALOFRIANTES: LOS QUE HABLAN
DE BRUJAS, FANTASMAS, CEMENTERIOS…

¿SE VAN A PERDER MIS AVENTURAS?

LES PRESENTO A MIS AMIGOS...

REBECCA

Edad: 8 años
Particularidades: Adora las arañas y las serpientes. Es muy intuitiva.
Punto débil: Cuando está nerviosa, mejor pasar de ella.
Frase preferida: «¡Andando!».

MARTIN

Edad: 10 años
Particularidades: Es diplomático e intelectual.
Punto débil: Ninguno (según él).
Frase preferida: «Un momento, estoy reflexionando…».

LEO

Edad: 9 años
Particularidades: Nunca tiene la boca cerrada.
Punto débil: ¡Es un miedoso!
Frase preferida: «¿Qué tal si merendamos?».

¡Hola, amigos voladores!

¡Han oído alguna vez un refrán que dice «quien danza su mal espanta»? ¿No? Lo inventó mi tío Vírgula, que en su juventud fue un gran bailarín. Ya sé que el refrán original es «quien canta su mal espanta», pero tras esta nueva aventura también yo me he convencido de que el baile puede hacer espantar un montón de cosas: los pensamientos tristes, la timidez… ¡a veces hasta incluso el miedo remiedo!

¿Qué dicen? ¿No saben bailar? ¡No importa! Tampoco yo sabía, pero un buen día alguien me dijo: «¡Lánzate»!, y yo me lancé (¡a la pista de baile, claro, no de lo alto de un puente!).

Leo opina que cuando bailo me meneo como si tuviera lagartijas en la espalda, pero creo que solo es envidia porque, como se dice, llevo «el ritmo en la sangre». Brrr, ¡la sangre! ¡Cosa de vampiros! Pero, ¿por qué elijo siempre los ejemplos equivocados?

En fin, si Rebecca no hubiese descubierto una repentina pasión por la danza seguro que nos habríamos ahorrado un montón de problemas. Pero para compensar, la historia que voy a contarles hubiera podido terminar mucho, mucho peor…

1

BAILANDO BAJO LA LLUVIA

 quel viernes por la noche llovía a cántaros.

Una niña de unos ocho años, con el pelo rojo y los ojos verdes, acababa de cruzar saltando la calle desierta, sin preocuparse en absoluto por la lluvia que le empapaba el pelo y el vestido.

«¡Solo una niña podría estar tan alegre en una nochecita como esta!»

Llegaba terriblemente tarde, pero continuaba

bailando bajo aquel diluvio, como si los faroles de Friday Street fueran los focos de un teatro y las casas, los espectadores entusiasmados.

En realidad, el único que asistía preocupado a aquel espectáculo era yo. O, por lo menos, así lo creía, hasta que del portal débilmente iluminado de una de las casas vi cómo se asomaba la silueta de una anciana señora, que llamó la atención de la niña. Esta se detuvo a escucharla, mientras un perro salchicha se le acercaba, moviendo la cola.

«Bat, ¡esa niña está en peligro!», exclamó una vocecita dentro de mí. «¡Y no debes permitir que una desconocida y su bestia feroz le hagan ningún daño!»

¡Abrí la ventana del desván y me lancé en su ayuda, justo a tiempo! Aquella mujer malvada le estaba poniendo algo en la mano: un corto bastón negro y un delgado rectángulo rojo. ¡Por el sónar

de mi abuelo! ¡No podía perder ni un minuto! Recogí las alas a ambos costados (como me había enseñado mi primo Ala Suelta, campeón de la patrulla acrobática) y me lancé en picada contra el objetivo para impedir que la pequeña aceptara aquel peligrosísimo regalo.

«Batito, ¡no aceptes mosquitos de desconocidos!», me recomendaba siempre mi mamá. ¿Es posible que nadie hubiera puesto en guardia a aquella pequeña?

Por desgracia, sin embargo, las cosas no fueron exactamente como yo había previsto.

A causa de la oscuridad y de la lluvia que me salpicaba en

el hocico, no logré afinar bien la puntería, y cuando llegué al objetivo… ¡el objetivo ya no estaba! La anciana mujer había regresado bajo su pórtico y la niña había vuelto a brincar despreocupada hacia su casa. Me puse a mover frenéticamente las alitas en un desesperado intento de frenar, pero iba demasiado lanzado y no conseguí evitar un aterrizaje desastroso en un enorme charco.

El perro salchicha se acercó, trotando. A pesar del terror que me dan los perros, no logré moverme.

—¡Fuera! —le grité—. ¡Desaparece, bestia! ¡Fuera! —Pero se puso a olisquearme por todas partes, haciéndome cosquillas en las axilas. ¡Miedo y cosquillas!

Miré a mi alrededor en busca de ayuda y crucé la mirada con la vieja, que me observaba fijamente con una sonrisa maliciosa… Me convencí al instante de que se trataba de una bruja, quizá por culpa de aquel mechón de pelo plateado que le enmarcaba el rostro. ¡Había ordenado a su fiera sanguinaria que me descuartizara, y yo iba a morir como un estúpido, sin tan siquiera conseguir salvar a aquella niña!

Por suerte fue la niña quien me salvó a mí, tomándome delicadamente entre sus brazos.

—¡Bat! —me dijo, mirándome seriamente con sus bellísimos ojos verdes—. Pero ¿te has vuelto loco?

—Disculpa, Rebecca —balbuceé, nervioso—. Creía que estabas en peligro… —y señalé con la barbilla a la señora del mantón negro, que continuaba observando, divertida, desde su pórtico.

—¿En peligro con la señorita McKnee? —respondió, riendo—. ¡La mejor maestra de baile de todo Fogville? ¡Ja, ja, ja! ¡Estás equivocado, Bat! He estado en casa de una amiga, pero me he olvidado de tomar el paraguas. La señorita me ha visto saltando bajo el agua y me ha prestado uno. ¡Incluso me ha invitado a una clase de prueba en su escuela! Dice que tengo aptitudes.

Y me enseñó una tarjetita roja en la que leí:

Premiada Escuela
de Danza Alice McKnee
En la pista desde 1937

Me quería morir de vergüenza. Le sonreí nervioso a la señora, que me saludó con la mano y le hizo también una seña al perro salchicha, que me respondió gruñendo.

—Ahora vayámonos a casa —dijo finalmente Rebecca, resguardándome bajo el pequeño paraguas negro que le habían prestado—, ¡antes de que nos ocurra alguna calamidad!

2
TIEMPO DE PERROS

a calamidad me ocurrió a mí. Me agarré un resfrío tan fuerte que no paraba de estornudar.

—¡Atchííís!

—¡Salud, Bat! —dijo Rebecca, pasándome el enésimo pañuelo de papel.

—¡Gracias! ¡Edes muy amadle! A… A… A… ¡Atchííís!

—Sal…

—¿No ven que cada vez que le dicen «salud»

vuelve a empezar? —protestó Leo—. ¡Relájate, Bat, el resfrío es una cuestión mental!

—¿Cuesdión mendal? —balbuceé—. Será más bien que te estalla la cabeza y te gotea la nariz…

—No pienses en la nariz. Concéntrate y repite conmigo: «¡Estoy curado!».

—Esdoy cuda… ¡atchííís!

—¡No! ¡No! ¡No estás lo bastante concentrado!

—¡Vamos, Leo! —le reprochó Martin—. Uno tiene derecho a estar enfermo, ¿no?

—¡Cierto! ¡Pero no tiene derecho a llenarme de gérmenes toda la habitación! ¡Yo no tengo por qué resfriarme!

—¿Y por qué no? Podrías quedarte en casa y no ir al cole…

—Y mamá me daría solo té con limón y sopitas pringosas. ¡Vaya ganga!

—Entonces sal al balcón, si lo prefieres —le reprendió Rebecca—. Llueve tan fuerte ahí afuera que seguramente todos los gérmenes se habrán ahogado.

—¡Qué graciosa! —replicó él, acercándose a la ventana. Puso sus manos regordetas sobre los ojos intentando escrutar a través del cristal en la oscuridad de la noche. Un instante después saltó hacia atrás con una expresión incrédula.

—¿Qué pasa? —le preguntó Martin—. ¿Has visto el fantasma del resfrío?

—No. Pero hay movimientos extraños aquí adelante. Den un vistazo…

—¡Eh! —exclamó Rebecca, mirando afuera—. ¡Alguien se está mudando con este tiempo de perros!

—¡Se mudan a la vieja Villa Sombra! —dijo Martin, intrigado—. Creía que estaba abandonada.

—Y han quitado los tablones que protegían el portal —añadió Rebecca.

—Ya que están, podrían arreglar un poquito el jardín: ¡parece la jungla misteriosa! Estoy seguro de que hay serpientes ahí dentro.

—¡Cómo no! ¡Y hasta cocodrilos! —replicó Rebecca, riendo—. ¿Quieres dar un vistazo tú también, Bat?

Estaba intrigado, es inútil negarlo. Desde que vivía entre los hombres, todo lo que tenía que ver con su vida también tenía que ver con la mía. Y además, no dejaba de ser importante el hecho de que llegaran vecinos nuevos.

Ciertamente debía de tratarse de tipos algo extraños, al menos a juzgar por lo que estaban descargando de la furgoneta: un trípode de hierro, un gran péndulo con una calavera tallada en la parte superior, algunos baúles muy extraños, un montón de cacharros y un viejo gramófono. Nada más.

Todo fue trasladado muy rápidamente al interior de aquella casa ruinosa e invadida por la vegetación. Luego la camioneta desapareció bajo la lluvia, y la vieja mansión volvió a sumirse en la oscuridad.

Nos miramos unos a otros con expresión interrogante.

—Bah, qué más da… —cortó Leo—. Tarde o temprano los conoceremos.

—Tiene razón… ¡atchííís! —estornudé yo.

No imaginaba que aquel «tarde o temprano» iba a ser para mí… ¡tempranísimo!

3

COCHES FÚNEBRES

ue una noche inquieta. Al menos para el que esto escribe.

Los relámpagos iluminaban el desván como enormes *flashes*, mientras el bramido de los truenos era tan fuerte que me hacía saltar en la cama (de estar colgado cabeza abajo, con la nariz goteando, ni hablar…).

Hubiera preferido quedarme con Rebecca (tengo miedo de los truenos, ¿de acuerdo?), pero Leo se opuso a mi decisión rotundamente. Decía que con semejante resfrío me pasaría la noche roncando y él no podría dormir. ¡Si él se escuchara cuando ronca! ¡Un tractor es más silencioso!

Así que allí estaba, solito bajo las sábanas, cuando mi finísimo oído captó el murmullo de un coche, seguido de un leve chirrido de frenos.

Miré instintivamente los números fosforescentes en el despertador: las 11 y 33 minutos.

Me acerqué a la ventana para echar una ojeada y… ¡por poco no me quedo helado! Un larguísimo coche fúnebre negro con las cortinas violetas corridas estaba parado delante de Villa Sombra.

«Pero ¿cómo?», pensé. «¿Acaban de llegar y ya hay un muerto?»

Aguardé durante un largo e interminable minuto a que se moviera alguna cosa. Y, olvidándome del resfrío, abrí incluso la ventana para ver mejor. Después, por fin, del coche salió un individuo alto y delgado, vestido de negro. Miró a su alrededor con mucha calma, acariciando la cabeza deformada del extraño animal que llevaba entre los brazos.

Fue en aquel momento cuando el frescor de la noche me provocó un estornudo muy inoportuno:

—¡A… atchíííísssssss!

El hombre se volvió de repente hacia nuestra casa, mientras el extraño animal se agitaba, asustado. Instintivamente bajé la cabeza y me mantuve agachado hasta que oí que el portón de entrada de la casa se cerraba chirriando.

Me quedé vigilando el resto de la noche, a pesar del goteo de mi nariz. Pero no ocurrió nada más: ni luces, ni ruidos… Ni siquiera metieron el coche en el garaje.

«¡Mejor!», pensé. «Así, cuando por la mañana les diga a Martin, Leo y Rebecca que alguien en plena noche ha estacionado un coche fúnebre frente a nuestra casa, podrán comprobar con sus propios ojos que no estoy delirando por culpa del resfrío.»

Desgraciadamente, sin embargo, al amanecer me dormí como un tronco, y cuando Rebecca vino a ver cómo estaba, ya era demasiado tarde.

—¿Han visto lo que hay delante de la casa deshabitada? —pregunté, levantándome sobresaltado.

—¿Qué, Bat? —replicó ella.

—El coche. Aquel extraño coche negro. Da escalofríos, ¿verdad?

—¿Ahora empiezas con alucinaciones? —me preguntó, poniéndome una mano en la frente.

—¡Pero qué alucinaciones! —protesté, volando hacia la ventana—. Mira…

Pero las palabras se ahogaron en mi garganta: delante de la casa deshabitada no había ningún coche negro. Y la puerta estaba otra vez atrancada con dos tablones cruzados.

4
MENEÍTO CALLEJERO

e verdad fastidia mucho que te tomen por mentiroso. Y, aun peor, por estúpido.

Me quedé de guardia por la mañana y por la tarde para ver si observaba alguna señal de vida en aquella casa misteriosa. Pero parecía aún más deshabitada que antes.

Comencé a sentirme inquieto. Y empecé también a advertir la llamada del sueño matutino. ¡En el fondo siempre seré un murciélago!

Me quedé dormido como dos troncos.

Y al despertar, delante de mí había una… ¡bailarina!

—¡Por el sónar de mi abuelo! ¡Rebecca! ¿Cómo te has puest… quiero decir, *vestido*?

—¿Te gusta, Bat? —dijo ella, mientras se pavoneaba con su nuevo equipo: un maillot rosa fucsia, unas polainas verde fosforito y unas zapatillas abiertas—. La señorita McKnee quiere que sus alumnas se vistan así, para empezar.

—¿Para empezar qué?

—¿No te lo he dicho? Hablé con mamá la otra noche y me he matriculado en la escuela de danza. ¿Qué opinas?

—¡Que te convertirás en una gran bailarina clásica!

—¡Pero qué clásica! —exclamó, arreglándose la cinta que le recogía el pelo—. No va conmigo, es demasiado tranquilo. He elegido el curso de bailes caribeños: ¡salsa, merengue, bachata, samba! ¡Esos sí que tienen marcha!

Y empezó a contonearse al ritmo de una música imaginaria.

—¡Adelante, Bat! ¡Ven aquí! —añadió después, tendiéndome los brazos.

—¡Ah, no, ni hablar! —protesté, huyendo hacia el techo.

—¡Un caballero no se comporta de esa manera! —replicó ella, ofendida—. Por lo menos, ¿vendrás a buscarme esta noche al salir de mi primera clase?

—De acuerdo —contesté, desconfiado—. ¡Pero nada de bromas!

La señora Silver se puso muy contenta de que

fuera a buscar a Rebecca a la escuela de danza. Pero intuí que se hubiera quedado más tranquila si conmigo hubiese ido alguien más, digamos… robusto. Cuando vio que nadie se anotaba, dijo en voz muy alta:

—¡Qué lástima! Precisamente tenía la intención de preparar buñuelos esta noche. Lo dejaremos para otra ocasión…

¡El poder de la glotonería!

Leo se materializó al instante en la puerta de la cocina:

—¿Has dicho buñuelos, mami? ¿Con salsa de arándanos? ¡Ya voy yo a buscar a Rebecca! Pero, por lo que más quieras, ¡haz mucha salsa!

A pesar del milagro de los buñuelos, Leo se arrepintió de haber ido. Y, a decir verdad, yo también un poco…

En primer lugar, Rebecca nos habló extasiada de la señorita McKnee: «¡La profesora más fantástica del planeta! ¡Sin exagerar!». Luego nos contó que aquella tarde habían aprendido un baile de grupo llamado *meneíto*. Finalmente, pretendió enseñarnos los pasos mientras íbamos por la calle.

—Es fácil, miren… —repetía—. Se marca el compás con los pies, levantándolos rápidamente, y se mueven las manos hacia la derecha una vez, luego hacia la izquierda dos veces…

Al llegar delante de casa habíamos conseguido movernos juntos bastante bien, pero la risa de Martin, asomado a la ventana, apagó todo nuestro entusiasmo.

«¡Por suerte solo nos ha visto él!», pensé.

Pero me equivocaba: de una ventana entreabierta de Villa Sombra dos pequeños ojos amarillos nos estaban espiando, divertidos.

5

PEQUEÑA
MÚSICA NOCTURNA

l tormento continuó también después de cenar, cuando Rebecca pretendió enseñar el *meneíto* a toda la familia. Martin desapareció al instante, y Leo, atiborrado de buñuelos como estaba, se durmió en la silla, mientras yo me iba por la ventana de la cocina para realizar uno de mis habituales vuelos nocturnos.

Había mejorado del resfrío y por fin conseguía percibir los perfumes nocturnos de Friday Street:

los buñuelos de la señora Silver, el café de la señora Trump, nuestra vecina, y… ¡también de Villa Sombra provenía un extraño olor! Una mezcla de porotos, carne de cerdo, coco, ají picante, ananá…

Di vuelta con un planeo prudente alrededor de la vieja construcción. Las ventanas continuaban bloqueadas, a excepción de la de la co

cina, de donde se filtraba una luz amarillenta. Me pareció incluso oír canturrear a alguien con voz ronca. Me acerqué un poco más y permanecí escondido bajo el alféizar. El corazón me latía a mil por hora, pero la curiosidad era más fuerte. Sin embar

go, recordaba bien aquel dicho de mi bisabuelo Mediala que corría por mi casa: «¡Si pones las alas donde no debes, en líos te metes!».

Dicho y hecho. Los postigos de la cocina se abrieron de repente. El tiempo justo para lanzar una palangana de agua maloliente, antes de volver a cerrar. El agua maloliente, no hace falta decirlo, ¡terminó en mi cabeza! Regresé a casa empapado y les expliqué lo que me había sucedido a los hermanos Silver, que me olieron asqueados y me obligaron a soportar una segunda ducha (¡yo odio el agua!). Por si fuera poco, ¡con el gel de menta y papaya que usa Rebecca! La peste se había ido, pero en compensación… ¡atchíííísss! ¡Había vuelto a resfriarme!

—Ya es hora de que aclaremos un poco este asunto —dijo Martin—. Tenemos que descubrir quién se esconde ahí adentro, ¿no creen?

—Yo no —afirmó Leo, decidido—. Cada uno es libre de cocinar las porquerías que quiera.

—Haremos turnos de vigilancia más estrictos. Bat, ¿te sientes capaz de empezar tú?

¡Imagínense! ¿A quién le tocaba el trabajo nocturno? ¡Al pobrecito pequeño Bat Pat! ¡Como por la noche está despierto! ¡Como tiene el oído muy fino! ¡Como él… bah, dejémoslo correr! Aquella noche me coloqué en el alféizar de mi ventana y me quedé ahí a vigilar Villa Sombra, convencido de que iba a ser una gran pérdida de tiempo.

Y, en cambio, esta vez me equivocaba: poco antes de medianoche me llegó a los oídos la melodía de un vals, dulce y romántico. De las ventanas de la vieja mansión se filtró un poco de luz. Mi mirada se desvió otra vez hacia el despertador: las 11 y 33 minutos, ¡precisamente como la noche anterior! Abrí la ventana y oí claramente la voz ronca de alguien que se quejaba. Luego el vals fue sustituido bruscamente por una animada samba brasileña. En Friday Street se iluminaron un par de ventanas: evidentemente, el ruido había despertado a alguien más. De repente, sin embargo, la música cesó y las luces de la casa se apagaron.

Todo volvió a la tranquilidad.

O casi todo: del piso de abajo llegaban unos pequeños ruidos sordos. Volé abajo para ver qué pasaba y me encontré con Leo que, presa de una de sus crisis de sonambulismo, bailaba la samba en el centro de la habitación, entre las risas sofocadas de

Martin y Rebecca, que disfrutaban del espectáculo desde sus camas.

Lo ayudamos a acostarse, poniendo mucha atención en no despertarlo (¡la última vez quiso que le preparáramos una copiosa comilona en plena noche!). Después expliqué brevemente a los otros dos lo que había visto y oído.

—Tendremos que pensar algo… —balbuceó Martin, observándonos fijamente con los anteojos completamente empañados.

Rebecca y yo nos lanzamos una mirada furtiva: ambos sabíamos bien que aquello era una señal segura de que se avecinaban problemas.

6

APARICIONES DANZANTES

os problemas llegaron, puntualmente.

En efecto, durante las noches
siguientes los extraños fenóme-
nos nocturnos de Villa Sombra
se multiplicaron y llegaron a ser aún más preocu-
pantes.

Un sábado por la noche, en el que Leo estaba de
guardia, las luces de la casa se encendieron todas al
mismo tiempo y por Friday Street se propagaron las
notas de aquel vals tan dulce.

De forma inexplicable, sin embargo, la gente no se despertó, como si estuviese bajo la influencia de un encantamiento. Leo juró que había visto acercarse a la casa a una mujer con un perrito. Después, el vals se interrumpió bruscamente y la mujer huyó, mientras la habitual samba estrepitosa sacaba de la cama a toda Friday Street.

Alguien pensó con razón en avisar a la policía. Esta encontró Villa Sombra oscura y silenciosa como siempre y, ante las protestas de la gente, se limitó a prometer más vigilancia.

A la mañana siguiente, el *Eco de Fogville* traía la noticia en la página de sucesos: «Música y griterío nocturnos en una vieja mansión abandonada de Friday Street».

—¡Tenemos fantasmas delante de casa! —se rio, divertido, el señor Silver.

—¡Oh, George, basta! ¿No ves que Bat se asusta?

En efecto, solo de oír nombrar a los fantasmas, la galleta que estaba royendo se me atravesó. Leo se dio cuenta y, de un fuerte golpe en la espalda, me hizo escupirla.

Durante una semana entera no sucedió nada más.

Incluso encontré tiempo para volver a ponerme a escribir: Martin me había pedido un cuento de terror (estaba cansado de leer por enésima vez los de Edgar Allan Papilla).

Rebecca, entretanto, seguía con su curso de baile y continuaba dando vueltas por la casa probando y volviendo a probar los pasos, implicando a todo el que se le ponía a tiro.

Así, en los días siguientes tuve que practicar el merengue, la bachata, el mambo e incluso la samba. ¡Quizá yo también tenía un poco del talento del tío Vírgula, el mejor bailarín de la familia!

Sin embargo, el lunes siguiente empezaron a verificarse episodios aún más extraños, que el *Eco de Fogville* narró puntualmente.

Todas las testigos implicadas (se trataba siempre de mujeres) explicaban que habían sido despertadas en plena noche por una música intrigante y que se habían encontrado frente a un desconocido que las arrastraba a bailar con él. Unos instantes después, sin embargo, un animal variopinto aparecía en la estancia, la música se interrumpía bruscamente y el misterioso caballero se desvanecía en la nada.

Aquella noche, como si no fuera suficiente, también se vio implicada Rebecca. Al volver de una de sus clases de danza entró en casa haciendo piruetas y canturreando, con una sonrisa extasiada:

—Uno-dos-tres, uno-dos-tres... ¡La señorita McKnee nos ha enseñado el vals!

—¿El vals? —pregunté, atónito—. Pero ¿no ibas a un curso de bailes caribeños?

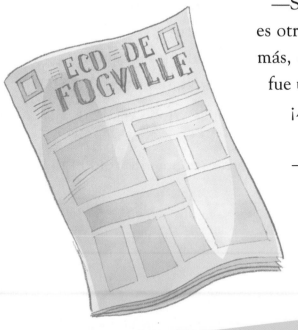

—Sí, ¡pero el vals es otra cosa! ¡Y además, en sus tiempos fue una campeona! ¡Ah, qué mujer tan fantástica! —suspiró, mientras continuaba dando vueltas por la casa.

—¡Menudo lío! —protestó Leo—. ¿Nunca se terminará esta historia?

—¿Terminar? ¡Esto solo es el principio! —replicó Rebecca. Después le puso delante de sus narices un viejo disco titulado *Viena baila el vals*. —¿Ves esto? Me lo ha prestado la señorita McKnee para que practique, y voy a empezar… ¡enseguida!

Dicho y hecho: puso el disco en el tocadiscos de su padre, e inmediatamente una melodía ceremoniosa llenó la casa. Leo, Martin y yo intentamos escabullirnos. Los señores Silver, en cambio, recordando sus años de juventud, se pusieron a bailar apasionadamente entre los muebles de la sala de estar.

Quizá Rebecca tenía razón: aquello solo era el principio.

7

CUANDO
LLUEVEN AVELLANAS

quel asunto duró toda la noche.

Primero, Rebecca intentó inútilmente enseñarle los pasos del vals a Leo.

—¡Baila mejor un oso que tú! —jadeó al final, exhausta.

Luego a Martin, que continuó leyendo a Edgar Allan Papilla mientras bailaba.

Finalmente a mí, que, según ella, me las arreglaba mejor que nadie.

—¡Lástima que seas tan pequeño, Bat! ¡Serías la pareja perfecta!

Finalmente, se llevó el tocadiscos a su habitación, volvió a poner la música y comenzó a dar vueltas en círculo, abrazada a un caballero invisible.

Los señores Silver habían salido, y nadie se atrevía a subir por miedo a ser presa del baile otra vez.

Así que Leo se acurrucó en el sofá de la sala con dos almohadones tapándole las orejas, y Martin

continuó leyendo, impertérrito. Yo decidí «lanzarme» al aire fresco de la noche... ¡Ah, qué maravilla tener un par de alas!

No sé cuánto tiempo estuve afuera. Solo sé que estaba planeando hacia casa cuando vi algo que hizo que se me helara la sangre del miedo: en el callejón posterior, un hombre alto y delgado, vestido de negro, se estaba acercando lentamente a la puerta trasera. Lo reconocí al instante: ¡era el mismo que había visto bajar del coche fúnebre delante de Villa Sombra! Descansando sobre uno de sus hombros llevaba al animal de la cabeza deformada. La espantosa figura se detuvo y miró hacia la ventana iluminada de la habitación de Rebecca, de donde provenían las notas de un dulcísimo vals. Me parece que lo conocía. ¡Cierto! ¡Era la misma música que había oído en Villa Sombra las noches anteriores!

Mientras permanecía allí decidiendo qué hacer, el hombre abrió la puerta de atrás (la señora Silver siempre dice que la cerremos con llave) y se deslizó adentro como una sombra.

¡Por el sónar de todos mis parientes! ¡Tenía que dar la alarma!

Entré planeando por la ventana de la sala, donde sabía que encontraría a Leo y a Martin. Pero hace falta cierto tiempo para convencer a uno de que se quite los almohadones de las orejas y al otro de que deje su libro.

—¡Alguien ha entrado en casa! —dije—. ¡Creo que ha subido a la habitación de Rebecca!

—¿Estás seguro? —me preguntó, muy serio, Martin.

—¡Segurísimo!

—¿Qué... qué hacemos, Martin? —balbuceó Leo, blanco como la cera.

—Vamos a salvar a nuestra hermana. ¡Toma un almohadón del sofá!

—¿Quieres enfrentarte a Jack el destripador con… golpes de almohadón?

—¡Basta con ahuyentarlo, no tenemos que hacerle daño! Y tú, Bat, invéntate algo.

Miré rápidamente a mi alrededor y vi sobre la mesa una cestita llena de avellanas que la señora Silver acababa de comprar. Recordé al instante la «metralla con alas», otro de los viejos trucos de mi primo Ala Suelta: ¡a cada batido de ala un lanzamiento sobre el objetivo! ¡Los mejores murciélagos pueden hacer hasta 60 disparos por minuto! Me llené las alas de avellanas y me preparé para la batalla que salvaría a «mi» Rebecca. ¡Qué miedo, remiedo!

Oímos la puerta de la habitación que se abría y se cerraba rápidamente.

—¡Vamos! —dijo Martin, decidido, empezando a subir las escaleras.

Leo se me pegó a una pata, a punto de hacerme caer.

Nos detuvimos delante de la puerta: Rebecca estaba hablando con alguien, luego se echó a reír y la música aumentó de volumen.

—¿Lo reconocen? —nos preguntó Martin, moviendo el índice al ritmo de la música—. Es el vals vienés más célebre. Se llama *Danubio azul* y lo compuso un tal Strauss, dedicándolo al río que atraviesa Viena. Espléndido, ¿no les parece?

—¡Superespléndido! —murmuró Leo—. ¡Es azul como el miedo que tengo!

—Bat —me ordenó Martin—, da vuelta por afuera. Cuando veas que se apagan las luces, entra por la ventana. Nosotros entraremos por la puerta, ¡así lo acorralaremos entre todos!

Obedecí a nuestro «comandante» y alcancé la ventana abierta de la habitación. Detrás de las cortinas reconocí las siluetas de Rebecca y del desconocido... ¡que bailaban juntos un apasionado vals!

De repente, las luces se apagaron: era la señal. Entré en la habitación «ametrallando» con mis avellanas como un poseso, mientras Martin y Leo lo hacían con los almohadones. Alguien chocó con el tocadiscos e hizo que la música parara de golpe, mientras una voz ronca, ya familiar, gritaba:

—¡Pan de Azúcar! ¡Rápido, señorito, huyamos!

El hombre se abrió paso a codazos hacia la puerta, bajó las escaleras muy rápido y escapó por donde había venido, seguido de su misterioso ayudante.

Cuando Martin volvió a encender las luces, me fijé en la hora: eran las 11 y 33 minutos.

8
ATAÚD
CON SORPRESA

hora ustedes pensarán que Rebecca nos agradeció nuestro gesto de valor. ¡Error! No solo no nos dio las gracias, sino que nos dijo de todo por haber puesto en fuga al único bailarín decente que había conseguido tener.

—¿Y ahora con quién voy yo al baile de las debutantes? ¿Me quieren decir, cabezas huecas?

Y a partir de ahí nos dejó de hablar.

—¡Pero mira esta! —refunfuñó Leo, curándose

los chichones que le habían ocasionado mis avellanas (¡me gustaría verlos a ustedes apuntando en la oscuridad!)—. ¡Uno arriesga su vida por salvarla de Barbazul y ella como agradecimiento te tira los cacharros por la cabeza!

—¡Eran avellanas, no cacharros, Leo! —bromeó Martin, apretando una gasa contra el ojo de su hermano.

—¿Alguno de ustedes ha logrado verlo, por lo menos? —pregunté.

—¡Yo no! —respondió Leo—. En compensación creo que le he dado con un almohadón al animal con plumas.

—¿Con plumas? —preguntó Martin con curiosidad.

—He encontrado esta en el suelo de la habitación… —explicó, enseñándonos una bella pluma amarilla.

—Bien —concluyó Martin—, al menos ahora sabemos que uno de los dos es un pájaro. Tendríamos que descubrir quién es el otro, y solo hay una manera de hacerlo…

En aquel punto, Leo y yo intercambiamos una mirada de preocupación.

—Apuesto a que esta noche quieres dar una vueltita por aquella casa, ¿cierto? —me atreví a preguntarle.

—¡Has adivinado!

Apenas Rebecca se quedó dormida, nos deslizamos a la calle en silencio y alcanzamos la entrada de Villa Sombra.

—¡Eh, la puerta está abierta! —susurró Martin, girando el pomo.

Un chirrido siniestro resonó por toda la entrada. Dimos un paso adelante, manteniéndonos todos muy juntos. Leo encendió la linterna de minero que llevaba en la frente e iluminó el interior: los muebles antiguos, los cortinajes y las lámparas de cristal descansaban inmóviles bajo una espesa capa de polvo y de telarañas. En el gran salón se destacaba el péndulo con la calavera en su parte superior.

—¿Notan también ustedes un olor extraño? —susurró Leo.

Yo lo reconocí enseguida: era la misma mezcla de carne, ajíes y fruta tropical que había olido hacía unas noches.

De una habitación del primer piso provenía una débil claridad.

—Ve a dar un vistazo, Bat… —me dijo Martin.

Me armé de valor y obedecí, pero habría preferido no ver lo que vi: en el centro de la estancia, en efecto, sobre un túmulo de color violeta oscuro *alegrado* por una vela en cada ángulo, yacía… ¡un ataúd negro y brillante!

No sé de dónde saqué fuerzas, pero me acerqué para leer la placa de la tapa. Decía:

CONDE ALAMARUS
CARPATIAE

Al lado, encima de un trípode de hierro, roncaba plácidamente un gran papagayo multicolor. Más bien habría que decir *una* papagaya, dado que llevaba puesta una falda de un rojo intenso y en la cabeza lucía una especie de turbante lleno de fruta decorativa. ¡Así que este era el animal con la cabeza deforme que su extraño propietario siempre llevaba consigo!

En aquel instante, el péndulo del piso de abajo repicó dos veces y el pájaro se despertó. Se sacudió las plumas, voló hasta el ataúd y golpeó tres veces con el pico en la tapa. Luego añadió con su voz ronca:

—¡Despierte, señorito! ¡Es una noche bellísima y quizás esta vez pueda encontrarla!

No tuve ni siquiera tiempo de recuperarme del susto cuando la tapa del ataúd empezó a levantarse chirriando y una mano larga y pálida se aferró al borde.

¡Ya había visto bastante! Volví como una flecha donde estaban Martin y Leo, que me esperaban ansiosos, escondidos bajo la escalinata de mármol que llevaba al primer piso.

—¡Pst, Bat! —susurró Martin—. ¿Qué has visto?

—Alguien se acerca —balbuceé, aterrorizado—. ¡Tenemos que salir corriendo ahora que aún estamos a tiempo!

—¡Es la mejor idea que he oído esta noche! —aprobó Leo, preparado para huir.

Pero ninguno de nosotros había tenido en cuenta a Rebecca. Un poco impresionada por los acontecimientos de la noche anterior, había tenido la misma idea que nosotros: ¡ir a curiosear a casa de nuestro nuevo vecino! Cuando la vimos entrar a hurtadillas por la puerta, supimos que estábamos metidos en un lío de los buenos.

—¡Tenemos que avisarle cuanto antes! —dije enseguida, volviendo a pensar con un escalofrío en lo que había visto arriba.

—No te hará ningún caso, lo sabes, ¿no? —me desanimó Martin.

—¡Tengo que intentarlo! —respondí, yendo rápidamente hacia ella—. ¡Rebecca! ¡Tienes que irte enseguida de aquí! ¡Estás en peligro!

9

MEJOR EL COCO
QUE EL CUELLO

Por toda respuesta movió fastidiada una mano, como para espantar una mosca: ¡parecía hipnotizada!

De repente se le iluminó la cara y sonrió. Me di vuelta, temiendo lo peor: el Conde Alamarus estaba bajando la escalinata de mármol con paso solemne.

No cabía duda: aquel tipo era un... ¡incluso me daba miedo pronunciar aquella palabra!

Corrí a refugiarme de nuevo bajo las escaleras, para estudiar junto con mis compañeros un plan de

ataque. ¡Pero el miedo me impedía razonar! Leo solo conseguía devorarse las uñas. Martin, en cambio, estaba muy tranquilo.

—Es el bailarín de anoche, ¿verdad? —preguntó.

—Mmm… —susurré yo.

—Tranquilos —respondió Martin—. Creo que sé lo que se propone.

—¡Entonces dilo, sabiondo! —lo apremió Leo—. ¿Quieres que nos dé un infarto?

—Pondrá un disco. Casi con toda seguridad un vals. Luego la invitará a bailar.

—¿Solo eso? ¿Y después?

—¡Y *después* veremos! No soy adivino.

—¡Juro que si este tipo le hace daño, yo… me lo como! —se encendió Leo.

Quizás este era el momento de revelarles la verdadera identidad del Conde… Pero pensé que solo iba a servir para darles un susto de muerte, precisamente en el momento en que había que estar más lúcidos para ayudar a Rebecca. Por lo demás, yo sabía lo que hacen los… en fin, «los que son como él» a sus víctimas, y bastaba con que estuviera listo para intervenir: ¡un segundo de más y sería el fin!

Todo se desarrolló según las previsiones de Martin. El caballero besó la mano de su pequeña dama y la acompañó al salón. Después aplaudió dos veces. Un instante más tarde llegó revoloteando la *papagaya* del turbante y encendió dos velas: las llamas apenas iluminaron la gran estancia, formando a su alrededor largas sombras oscuras.

El Conde se acercó al

gramófono y extrajo un disco de una vieja caja verde con ornamentos de oro, que me pareció que ya había visto. Cargó el gramófono con la manivela y lo hizo funcionar. El aire se llenó de las suaves notas de un vals que ahora conocíamos de memoria: *Danubio azul.*

Al verla dar vueltas de manera tan elegante casi me olvido del peligro que mi pequeña amiga estaba corriendo. Por suerte, me distrajo una silueta oscura que estaba dando un vistazo desde el ventanal de la sala. Se lo hice notar a Martin, pero no pareció sorprenderse demasiado. Leo, en cambio, se sorprendió muchísimo cuando vio que el Conde le sonreía a su hermana descubriendo dos enormes… ¡colmillos puntiagudos!

—¡Mi-miren qué dientes tiene este ti-tipo! —balbuceó—. Un momento, pero si son di-dientes de… de…

Martin, tirándome de un ala, me preguntó:

—¡Bat! ¿Qué había en aquella habitación? ¿Estás seguro de que nos has contado todo?

Pero ahora ya era demasiado tarde para dar explicaciones. El Conde estaba observando fijamente el pequeño cuello blanco de Rebecca y acababa de abrir la boca. Estaba a punto de lanzarme en picada, cuando la música se interrumpió de golpe con un chillido horrible. Fuera de la ventana se oyó un grito.

—¡Pan de azúcar! —chilló la papagaya, planeando sobre el gramófono—. ¿Pero no ve que solo es una niña, señorito? ¡No puede ser ella!

El hombre sonrió tristemente y sacó del bolsillo dos… dos zanahorias crudas: una se la ofreció a Rebecca y la otra la mordió él con un tremendo aire de decepción. Después subió las escaleras, sollozando amargamente.

El pájaro sacudió la cabeza y sustituyó el disco del vals por una alegre música tropical.

—¿Conoces la samba? —me gritó, arrastrándome con ella en un baile desenfrenado—. ¡Ahuyenta la tristeza! ¡Lánzate!

Y yo, como ya les había dicho, me lancé. También Martin, Leo y Rebecca se lanzaron. ¡Era imposible resistirse a aquel ritmo! Bailamos hasta que se nos acabaron las fuerzas; luego, uno a uno nos desplomamos exhaustos en el suelo del salón. Leo incluso se durmió.

—Creo que les debo una explicación —murmuró la papagaya, sacudiendo las plumas—. Vengan aquí. Delante de uno de mis manjares hablaremos mejor.

A la palabra *manjares*, Leo ya había abierto los ojos.

10

UN ARROZ…
¡LLAMEANTE!

 os instaló en una gran cocina, iluminada también por varias velas. El olor a especias y a fruta tropical se hizo aún más fuerte.

—¡Pan de azúcar! ¡Estaba todo a punto de quemarse! —berreó el pájaro, precipitándose a apagar el fuego de debajo de la olla—. Pero antes, las presentaciones: me llamo Ipanema y soy de Brasil. ¿Y ustedes? —Un instante después nos habíamos convertido todos en «brasileños»: Leão, Martinho y Batão. Rebecca, en

cambio, se quedó como Rebecca y
ayudó a Ipanema a llenar nuestros
platos de un curioso arroz… ¡colo-
rado!

—Se llama «arroz carnaval», y es
mi especialidad: lleva porotos, arvejas,
ananá, ají, ciruelas secas, nueces brasileñas,
semillas de cilantro, pimienta y páprika picante.

¡*Muito picante*! ¡Tengan cuidado, pequeños cariocas, quema como el fuego!

—¡Me encantan las comidas picantes! —exclamó Leo, metiéndose en la boca una gran cucharada de arroz.

Casi se queda seco. De repente se volvió de un violeta intenso y tuvo que poner la lengua bajo la canilla para calmar el picor. A Martin y a mí nos sucedió casi lo mismo. Rebecca, en cambio, no se inmutó, como si se estuviese tomando una sopita de verduras.

Ipanema nos miraba, riendo divertida con su voz ronca de papagayo.

—¡Tienen que ser unos tipos valientes para meterse de noche en una casa deshabitada,

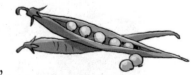

bailar con un desconocido y comer un plato coci-
nado por un pájaro que habla!

—Estamos acostumbrados a los animales que hablan —bromeó Leo, que volvía a estar casi de color
rosa—. Piensa que Bat incluso sabe escribir.

—¡Y también sabe bailar magníficamente el

samba! ¡Pan de azúcar! Pero, ¿dónde has aprendido a moverte tan bien, pequeño Batão?

—Me ha enseñado Rebecca —respondí, ruborizándome (¡también por culpa de la páprika!).

—¿De verdad? ¡Ah, bailar! ¡La alegría de mi vida y la ruina de mi señorito!

—¡Vamos! —dijo Martin, dejando a un lado el plato—. ¿Por qué no nos hablas un poco de tu… *señorito*?

—Ya; estoy aquí para eso. El hombre que bailaba con Rebecca se llama Alamarus y es un Conde Vampiro de Transilvania. Sin embargo, a pesar de las apariencias, es absolutamente inofensivo. ¡No

le muerde el cuello a nadie hace más de medio siglo! Se ha vuelto vegetariano desde que *ella* desapareció.

—¡Ella, quién? —preguntó Rebecca, intrigada.

—¡Pan de azúcar! ¡La mujer que le robó el *curaçao*! ¡La bailarina más bella que jamás conoció! ¡Se encontraron una noche, en una gran recepción al aire libre, y bailaron juntos toda la velada! Hasta que él, mientras la orquesta tocaba *Danubio azul*, le sonrió, enseñándole sus puntiagudos colmillos, y ella, que quizá ya lo amaba, huyó aterrorizada, abandonándolo para siempre.

—¡Cuesta creerlo! —farfulló Leo, con gruesas lágrimas (por culpa de la pimienta).

—Desde entonces vaga a la búsqueda de aquella dama e intenta bailar aquel vals, siempre el mismo, con todas las que encuentra, esperando reencontrarse con ella y llevársela consigo.

—Pero aún no la ha encontrado, ¿verdad? —concluyó Martin.

—No. Desde que me salvó, sacándome de un circo (¡hacía el número del papagayo parlante!), prometí que lo ayudaría a encontrar a aquella mujer; cuando lo consiga, a cambio, me llevará otra vez a mi casa, en Brasil. Pero hasta ahora todo ha sido inútil. La otra noche oyó salir de su ventana aquella música que lo atormenta hace años. Estaba casi seguro de que lo había conseguido, ¡antes de que nos acosaran con avellanas! Pero esta noche ha comprendido que se ha equivocado de nuevo. ¡Pobre Conde!

—Sin embargo, admitiendo que el Conde logre finalmente encontrar a aquella mujer —insistió Martin—, ¿cómo piensa reconocerla después de todo este tiempo?

—Es lo que yo le digo hace años, pero él está convencido de que la reconocerá: «Bastará que baile con ella y, si no fuese suficiente, hablarán sus cabellos».

—¿Los cabellos? Si él lo dice… —refunfuñó Leo, con la boca llena—. ¿Podría servirme otro plato de «arroz carnaval»? ¡Es exquisito!

11

¡CUIDADO CON LAS UÑAS DE LOS PIES!

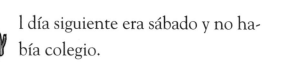

l día siguiente era sábado y no había colegio.

Martin puso enseguida a trabajar a su hermano *internauta*:

—Leo, ¿me buscarías un par de noticias sobre vampiros, por favor? En particular, me interesa saber qué tipo de indicios dejan sobre quien se ha topado con ellos.

—¿No te basta con mirar la cara de Rebecca? Pálida, mirada de ratón y signos de rápido envejecimiento, como arrugas y canas.

—¡Arrugado estarás tú! —replicó ella, enojada—. ¡Y además, yo no tengo el pelo blanco!

—¡Adelante, Leo! —insistió Martin—. Hazme este favor. Tengo que satisfacer mi curiosidad.

—De acuerdo —respondió él, poniéndose delante de la computadora y haciendo crujir los dedos de las manos—. Buscamos «Vampiros: efectos colaterales».

Un minuto después, en la pantalla aparecieron un montón de datos:

«Los que juran haberse encontrado con un vampiro y haber escapado de sus colmillos tienen algunas señales inconfundibles; algunas desaparecen al cabo de dos o tres meses, mientras que otras pueden resultar permanentes. Estas son las más comunes: rápido crecimiento de las uñas de los pies, picazón descontrolada en el cuello, sonambulismo en las noches de luna llena, aparición de pelo blanco.»

—¿Lo ves, Rebecca? —la pinchó todavía Leo—.

También dice aquí que los vampiros hacen volver blanco el pelo.

—Déjame en paz, Leo. Voy a salir.

—¿Vas a bailar la polca con un licántropo?

—¡Qué bromista! Voy a devolverle el disco a la señorita McKnee.

Al oír aquellas palabras, Martin saltó encima de la cama.

—¿Me dejarías verlo, por favor…?

Rebecca le mostró resoplando la vieja funda: era verde y tenía adornos de oro.

—¡Pero si es el mismo disco que había en casa del Conde! —exclamó Martin, con los ojos abiertos de par en par.

—Es cierto, yo también lo he visto —confirmé, planeando sobre un hombro de Rebecca.

—¿Y qué? —rebatió ella—. Solo es una coincidencia.

—Puede que lo sea —replicó él, pensativo—. Pero quiero satisfacer otra curiosidad, si no te molesta. Leo, ¿podrías teclear en la computadora el nombre «Alice McKnee»…?

Nos acercamos todos a la pantalla, mientras Leo tecleaba ruidosamente. La pantalla que apareció decía:

«Alice McKnee, campeona internacional de baile en pareja en los años treinta, vencedora en tres ediciones consecutivas del concurso

"Punta y tacón", Gran Premio del Jurado 1932 como mejor bailarina en la especialidad de vals, y "Zapatilla de cristal" en 1933 en la misma especialidad.»

—¡Todo esto también está escrito en los folletos de su escuela! —protestó Rebecca. Sin embargo, Martin continuó leyendo, impertérrito.

«En la cumbre de su carrera artística se retiró de improviso de todas las competiciones (por motivos nunca aclarados del todo) y se le perdió el rastro durante algunos años.»

—¿También está escrito esto en los folletos? —preguntó Martin.

—Sigue… —le respondió ella, que empezaba a comprender.

«Al volver, finalmente, a la actividad, decidió dedicarse plenamente a la enseñanza de la danza, y abrió en 1937 la conocida Escuela Alice McKnee que hoy aún dirige.»

—A ver si entiendo, Martin —concluyó Rebecca—: estás intentando decir que la señorita McKnee podría ser… ¡No, no es posible! ¡Es absurdo!

—No es tan absurdo. Aquí dice que su carrera se interrumpió «por motivos nunca aclarados del todo». ¿Cuáles, exactamente?

—Tendrías que preguntárselo a ella —se rio Rebecca—. Suponiendo que conteste.

—Creo que sé cómo hacerla hablar —respondió Martin—. Pero solo si Bat me da una mano…

12
MARTIN, EL INVESTIGADOR

recisamente, aquella tarde, Rebecca tenía clase de baile.

Martin y Leo, que para la ocasión se habían disfrazado de investigadores privados, se encontraron en el pasillo de la escuela delante del despacho de la señorita McKnee.

Yo, en cambio, fui a hacer el encargo que me había encomendado Martin. Esta vez, por suerte, era poco arriesgado.

—Señorita McKnee, mis hermanos quisieran ha-

cerle algunas preguntas —murmuró Rebecca, muy nerviosa—. Para la revista escolar…

—Por favor, pónganse cómodos —sonrió la anciana directora, mirando divertida los anteojos espejados y el impermeable amarillo de Leo. Su perro salchicha, en cambio, ladró un par de veces.

—¡Caramba, cuántos premios! —exclamó Leo, observando las copas, las medallas y los diplomas que tapizaban las paredes—. ¿Los ha ganado usted sola?

Rebecca se quería fundir de la vergüenza.

—Claro que no —se rio la señora—. Jovencito, el hecho es que para bailar el vals hacen falta… ¡dos!

Leo intentó abrir de nuevo la boca, pero Rebecca le dio un codazo en la barriga.

Martin aprovechó el momento y fue al ataque:

—¿Sabe qué es esto? —preguntó, enseñándole la funda verde y oro del disco *Viena baila el vals*.

—¡Claro! Es el disco que le presté a Rebecca para que practicara.

—Y si le dijera que nuestro vecino tiene uno idéntico, ¿lo creería?

—Oh, es posible. En su tiempo fue un disco de gran éxito.

—En su biografía hemos leído que interrumpió su carrera de repente. ¿Puedo preguntarle por qué?

—Tuve un incidente.

—¿Qué tipo de incidente?

—Una especie de… *shock* emocional —respondió con embarazo la mujer—. He necesitado años para recuperarme. ¡Por suerte, tenía la escuela!

Martin la observó fijamente:

—¿Este mechón de pelo plateado tiene algo que ver con su incidente? ¿Digamos con un gran… sobresalto?

La señorita McKnee se puso rígida:

—Pero, ¿qué clase de pregunta es esta, jovencito? ¿Publican estas noticias en su revista escolar?

—No solo estas —intervino (como es habitual, sin

ton ni son) Leo—. Tenemos también una sección de cocina que llevo yo: se titula «Grasa en las hornallas».

Esta vez también Martin lo hubiera estrangulado gustoso.

—Interesante —contestó la señorita McKnee, poniéndose de pie—. Ahora, si quieren disculparme, tengo mucho que hacer: dentro de poco será el baile de las debutantes.

Martin, en cambio, permaneció sentado.

—Permítame una última pregunta. ¿Por qué ayer a la noche merodeaba por los alrededores de Villa Sombra con su perrito?

La señorita palideció.

—Cada noche saco a pasear el perro. ¡Pero la verdad es que no «merodeo por los alrededores» de las casas deshabitadas! Te has equivocado, jovencito.

Sin embargo, Martin insistió:

—¿Conoce a una papagaya llamada Ipanema?

—Nunca he oído hablar de ella.

—Qué raro, porque resulta que tienen un amigo común: ¿le dice algo el nombre de Alamarus?

La anciana mujer tuvo que tomar asiento para no caerse. Estaba muy pálida. El perro salchicha la miró, gimiendo.

—No tenga miedo —la tranquilizó Rebecca—. Estamos aquí para ayudarla.

Un instante después entró por la ventana del

despacho un murcié-  lago acrobático seguido de un animal volátil multicolor: en definitiva, ¡Ipanema y yo entramos en escena esperando una salva de aplausos! Sin embargo, nadie aplaudió; es más, el perro salchicha se puso a ladrar como un loco y la señorita McKnee abrió los ojos, incrédula.

—Le presento a la asistenta personal del Conde Alamarus, que hace algunos días se aloja en Villa Sombra —dijo Martin—. Y no me diga que no lo sabía…

—Lo sospechaba —admitió, suspirando, la directora—. Este vals, precisamente *este*, en plena noche. Era demasiado extraño para ser solo una casualidad.

Al oír estas palabras, la papagaya revoloteó conmovida hacia la anciana mujer.

—¡Pan de azúcar, señorita! ¡He oído hablar tanto de usted!

—¿Cómo está el Conde? —balbuceó, incrédula, la señorita McKnee.

—Mal. Ha pasado todos estos años buscándola. Pero quizás ahora su viaje haya terminado. Si usted quisiera…

—Ahora soy vieja —suspiró—. No tengo nada que perder. Díganme qué tengo que hacer…

—Nada especial —respondió, sonriendo, Martin—. ¿Cuándo ha dicho que será el baile de las debutantes?

—El sábado. Exactamente, dentro de tres días.

—Perfecto. ¡Tenemos 72 horas para volver atrás en el tiempo!

13

SAMBA VOLANTE

uando la señorita McKnee nos dijo que quería organizar el baile al aire libre y nos indicó el lugar exacto, nos quedamos con la boca abierta. Pero después pusimos manos a la obra y trabajamos en equipo como auténticos profesionales.

Ipanema y yo conseguimos incluso organizar una pequeña sorpresa.

Yo, sin embargo, estaba inquieto. ¿Y si algo salía mal? El tío Vírgula lo decía siempre: «También en la pista de baile más llana puede caer una piel de banana».

La noche del baile, todo estaba en su sitio.

—¡Parece una recepción de gala! —dijo alguien, admirando el jardín arreglado como si fuera nuevo.

—¡Estaba convencido de que esta

casa estaba abandonada hacía tiempo! —comentó
otro.

Leo, sentado en el banco de dirección, era el en-
cargado de la música y de los focos. Martin se en-
contraba bajo el gran pabellón de los refrescos. La
señorita McKnee, seguida por su perro salchicha
como si fuera su sombra, recibía a los invitados (en-

tre ellos estaban los señores Silver, ¡naturalmente!). Y, para terminar, descansando entre las ramas de un gran tilo, Ipanema y yo repasábamos los últimos detalles.

—¿A qué hora lo hará?

—¡A la hora establecida, pequeño Batão!

—¿Tenemos fósforos?

—¡Sí! Y también he arreglado las velas. ¿Y tú? ¿Estás seguro de que te acuerdas de los pasos?

—¡Es fácil! —respondí—. Y uno y dos, y un-dos-tres…

De ese modo, en una templada velada otoñal, el baile tuvo lugar en el jardín de… ¡Villa Sombra!

Han entendido bien: en el lugar exacto en el que muchos años antes se había efectuado una gran recepción y en donde un joven Conde y una bailarina profesional habían bailado juntos toda la noche. Al menos hasta las 11 y 33 minutos en punto, cuando el último vals se había interrumpido bruscamente.

—¡Relájate, Batão! —dijo Ipanema al verme tan tenso—. Todo saldrá *bem*.

Desde nuestro árbol asistimos a las pruebas de baile de las alumnas, entre los aplausos emocionados de los papás y los ojos brillantes de las mamás. Cuando llegó el turno del grupo de Rebecca, ¡a mí me salieron ampollas en las garras a fuerza de aplaudir!

Entonces nos tocó… a Ipanema y a mí. El programa anunciaba «Samba volante», y samba fue. ¡Esta era la sorpresa!

Leo puso la música y nosotros nos lanzamos a nuestros movimientos y giros en el aire. Al principio la gente, al vernos, se frotaba los ojos, incrédula.

Luego, poco a poco, se entusiasmó y, al final, acompañó nuestra exhibición con aplausos estrepitosos. ¡Fue un auténtico éxito! ¡Incluso el *Eco de Fogville* habló de ello al día siguiente! (Todavía guardo el recorte del periódico colgado en el desván: «¡La señorita McKnee también enseña a bailar a los animales!».)

Llegó el momento de la pausa y todos se olvidaron de nosotros para lanzarse sobre las bebidas y las pastas. Miré el reloj: casi era la hora. Ipanema me guiñó un ojo y se fue volando hacia la mansión.

Al cabo de un minuto la señorita McKnee iba a invitar a todos a la pista, grandes y pequeños, para un último gran «vals final».

14

EL ÚLTIMO BAILE

penas sonaron las notas de *Danubio azul* en el aire templado de la noche, las parejas de bailarines empezaron a ocupar la pista. También el señor y la señora Silver bailaron mirándose a los ojos como dos enamorados.

Nosotros, en cambio, mirábamos a nuestro alrededor, preocupados. El aire, ahora, amenazaba lluvia, pero la gente no parecía darle demasiada importancia y bailaba, feliz. De repente, un relámpago cegador desgarró el cielo, y sobre la escalera de entrada de Villa Sombra apareció, a contraluz, una figura alta y delgada que nadie advirtió. Mientras tanto una solitaria dama parecía aguardar en el borde de la pista. La imponente figura se estremeció y se dirigió hacia ella. Cuando estuvo cerca, miró su mechón de pelos plateados y le sonrió dulcemente, mostrando un par de colmillos puntiagudos. Otro relámpago iluminó el rostro del Conde Alamarus.

—¡Socorro! ¡Un vampiro! —se oyó gritar a alguien.

Pero precisamente en aquel momento empezó a llover a cántaros. Todas las parejas se refugiaron bajo el toldo de los refrescos; todas excepto una, que, sin importarle los relámpagos ni la lluvia, continuó dando vueltas bajo las notas de su vals preferido.

—¡Pero si es un vampiro! —exclamó alguien.

—¡Y ella la señorita McKnee! —añadió otro.

Nadie se movió. La gente permaneció mirándolos, como si estuviese bajo el influjo de un encantamiento, mientras Ipanema, los hermanos Silver y yo conteníamos la respiración.

Miré el reloj: ¡eran las 11 horas, 32 minutos y 27 segundos! ¡33 segundos más y la maldición de aquel baile interrumpido se desvanecería para siempre!

Pero justo en aquel instante, un violentísimo relámpago hizo saltar la corriente: ¡las luces se apagaron y la música cesó de golpe!

¡Por el sónar de mi abuelo y también el de mi abuela! ¡Era una catástrofe!

Los dos bailarines se detuvieron, mirándose incrédulos, bajo la lluvia.

—¡Haz alguna cosa, Batão! —graznó Ipanema, volando a encender las velas que había preparado aquí y allá bajo los árboles—. ¡Si la música no vuelve, es el final!

El vampiro abrió los ojos: parecía aterrorizado por la idea de que su drama se repitiera. También la señorita McKnee lo miraba, asustada, mientras los segundos transcurrían, inexorables: quince, dieciséis, diecisiete…

Entonces, de improviso, una chispa saltó en mi cabecita: ¡tenía que actuar deprisa! ¿Cuál de los trucos acrobáticos de mi primo Ala Suelta podía adaptarse mejor al objetivo que el de la perinola? Se trata de un sistema para hacer que una cosa gire rápidamente, tomándola con las patas posteriores y dando vueltas sobre uno mismo.

Creí que aquello me serviría, y lo intenté a la desesperada. El tiempo se estaba terminando: menos tres… menos dos… menos uno y ¡a las 11 horas y 33 minutos clavados, las notas del vals más famoso de todos los tiempos volvieron milagrosamente a vibrar en el aire!

El vampiro sonrió, su dama le correspondió y, a la débil luz de las velas, pudieron finalmente terminar aquel baile que habían empezado muchos años antes.

Cuando las notas acabaron, la gente, ahora agolpada a su alrededor, los agasajó con un larguísimo aplauso. También el perro salchicha de la señorita McKnee ladró, contento.

En cuanto a mí, solté la manivela del gramófono (que había conseguido accionar en la oscuridad gracias a aquella maniobra desesperada), coloqué el disco *Viena baila el vals* en su preciosa funda verde y oro, y después... ¡me desmayé!

15

EL MURCIÉLAGO
DE STRAUSS

 la mañana siguiente, Villa Sombra había recuperado su aspecto habitual (a excepción del jardín), con los postigos cerrados y la puerta atrancada con dos tablones clavados.

De sus habitantes no quedaba ningún rastro, y tampoco de la señorita McKnee. Rebecca intentó buscarla en su casa, pero la encontró cerrada. Pensó que la vería por la tarde, en la clase de baile, pero un cartel colgado en la puerta de entrada rezaba:

LAS ACTIVIDADES DE LA ESCUELA HAN SIDO SUSPENDIDAS. Alice McKnee.

La noticia nos desagradó a todos, especialmente a Rebecca. Tiró su traje de baile al fondo de un cajón y juró que no iba a mover nuca más un pie si no era para caminar.

Por suerte, algunos días después todo se aclaró: entre la sorpresa general, llegaron una carta dirigida a ella y un paquete para mí. ¿De dónde venían? ¡De Brasil, es obvio!

Rebecca abrió el sobre y leyó en voz alta:

Querida Rebecca:

Perdóname que me escapara de esa manera, ¡pero Alamarus no me dejó tiempo ni para hacer las valijas! Dijo que necesitaba precisamente un viaje al sol y al calor (¡está siempre tan pálido!), y además había prometido a Ipanema que la llevaría a Río. Nos veremos en primavera. No temas: ¡no dejo la escuela ni tampoco a una alumna tan prometedora como tú!

Un beso,

Alice

Rebecca empezó a dar saltos por la habitación, gritando:

—¡La señorita McKnee vuelve! ¡La señorita McKnee vuelve!

También yo abrí mi paquete. Adentro había una postal y

un CD. La primera representaba una playa blanquísima, palmeras y un mar azul y transparente. Detrás estaba escrito esto:

Querido Batão,

Finalmente, el Conde ha cumplido su promesa y me ha devuelto a casa. ¡Gracias! Sin tu ayuda nunca lo habría conseguido. ¿Vendrás a verme, tarde o temprano? ¡Pan de azúcar, cuento con ello!

¡Un *abrasso, tchau*! (¡Adiós!)

Ipanema

PD: la receta que te mando es una nueva invención mía. Se llama «arroz bum-bum». ¡Avisa a Leo de que aun es más picante!

PD: el CD te lo manda el Conde. Es una famosa composición del señor Strauss (otra vez el de *Danubio azul*) dedicada a un murciélago. Es su forma de darte las gracias.

Ahora las cosas han vuelto a la normalidad. Yo no hago otra cosa que escuchar *El murciélago* de Strauss, y Rebecca baila de la mañana a la noche y, además, se le ha metido en la cabeza enseñarle el vals a Leo. Uno se da cuenta cuando practican porque las paredes de la casa tiemblan ligeramente. El hecho es que, después de toda esta actividad física, a Leo le da hambre, y verlo «tomar una meriendita», como dice él, es un espectáculo aterrador. ¡A propósito! Acabo de escribir el cuento de terror que había prometido a Martin: habla de un vampiro enamorado de una profesora de danza, con la que muchos años antes había bailado un vals inolvidable... ¿Creen que le gustará?

Un saludo «bailarín» de su

Bat Pat

DIENTES LARGOS Y ZAPATILLAS DE BAILE

Queridos amigos voladores: hoy he pasado por la biblioteca y he descubierto un montón de cosas interesantes sobre los vampiros. Miren…

¡AHUYENTAVAMPIROS!

Para mantener alejados a los vampiros, aparte de las ristras de ajos, existen remedios un poco más… perfumados. Un ramo de zarza o de rosa silvestre es en general muy apreciado, y para los paladares más refinados se puede intentar con la magnífica… ¡mostaza de Dijon!

VAMPIRINHOS

No demasiada gente sabe que también existen vampiros… ¡brasileños! Tienen las patas peludas y, a diferencia de sus colegas europeos, les gusta el sol y las playas tropicales. ¡Ipanema dice que conoce incluso a alguno que baila el samba muy bien!

¡BAT PACULA!

Como es conocido, muchos vampiros son capaces de transformarse en murciélagos, pero existen también algunas especies de murciélagos… ¡vampiros! Y a ver si adivinan dónde vive la mayor parte de ellos. ¡En Brasil, claro!

Un poco de literatura...

A propósito de las narraciones de terror (¡esto me lo ha sugerido Martin!), y contrariamente a lo que se piensa, la primera novela que habla de vampiros no es *Drácula* sino *Varney el Vampiro,* que James M. Rymer escribió entre 1845 y 1847.

El regalo de Alamarus

El murciélago es una deliciosa opereta a la que Johann Strauss puso música en tan solo… cuarenta y tres días. Es la historia de alguien que quiere vengarse por haber sido obligado a vestirse de murciélago en carnaval. Pero entonces, Batman ¿qué tendría que decir?

UN, DOS, TRES.. ¡BAILA!

¡Por todos los mosquitos! ¡No hay nada mejor que mover las alas al alegre ritmo del *meneíto*! ¿Qué me dicen de aprenderlo? Es fácil, hagan como yo…

1. Para empezar, den pasos hacia la derecha levantando las manos también hacia la derecha.

2. Luego, cambien las manos abajo a la izquierda y den dos pasos hacia la izquierda (fácil, ¿no?).

3. Ahora, giren de espaldas (¡pero no pierdan el ritmo!) y… ¡hop! Dos pasos a la izquierda.

4. Y finalmente, ¿lo adivinan? ¡Manos abajo a la derecha y dos pasos a la derecha!

LA SOMBRA DE UN VAMPIRO

¡Miedo, remiedo! Un vampiro de carne y hueso (pero sobre todo «de carne»). Hay alguna cosa extraña en su sombra… ¿logran descubrir los 5 errores?

Solución: la forma del sombrero, el rulo sobre el cuello de la capa, el pulgar de la mano derecha, un borde de la capa y los pliegues de la ropa abajo a la derecha.

¿QUÉ ME PONGO?

Mi amiga Ipanema me ha invitado a bailar un vals con ella, pero no sé qué ponerme. ¿Me dan una mano para elegir el vestido?

ÍNDICE

NO SE PIERDAN…

¡ADIÓS, AMIGOS!